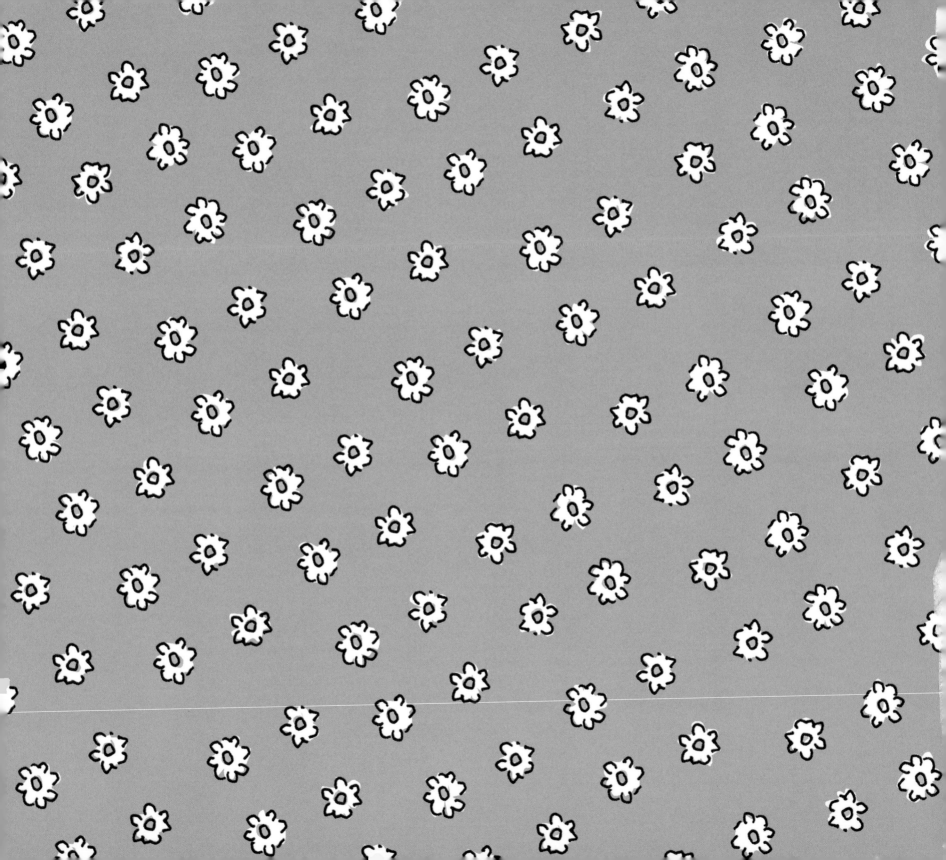

¿Las princesas usan botas de montaña?

Textos de Carmela LaVigna Coyle
Ilustraciones de Mike Gordon
y Carl Gordon

 **Picarona**

Puede consultar nuestro catálogo en www.edicionesobelisco.com / www.picarona.net

¿LAS PRINCESAS USAN BOTAS DE MONTAÑA?
Texto de *Carmela LaVigna Coyle*
Ilustraciones de *Mike Gordon* y *Carl Gordon*

1.ª edición: octubre de 2013

Título original: *Do Princesses Wear Hiking Boots?*

Traducción: *Ainhoa Pawlowsky*
Maquetación: *Montse Martín*
Corrección: *M.ª Ángeles Olivera*

© 2003, textos de Carmela LaVigna Coyle e ilustraciones de Mike Gordon
(Reservados todos los derechos)
Primera edición en Estados Unidos publicada por Rising Moon, Maryland, USA,
y por acuerdo con Cooper Square Publishing.
© 2013, Ediciones Obelisco, S. L.
(Reservados los derechos para la lengua española)

Edita: Picarona, sello infantil de Ediciones Obelisco, S. L.
Pere IV, 78 (Edif. Pedro IV) 3.ª planta, 5.ª puerta
08005 Barcelona - España
Tel. 93 309 85 25 - Fax 93 309 85 23
E-mail: picarona@picarona.net

Paracas, 59 C1275AFA Buenos Aires - Argentina
Tel. (541-14) 305 06 33 - Fax (541-14) 304 78 20

ISBN: 978-84-940745-8-5
Depósito Legal: B-15.476-2013

Printed in China

A mi querida Annie... ¡por hacer la pregunta!
— clvc

Mamá, ¿las princesas usan botas de montaña?

Sí, cuando desean pasear por la verde campaña.

¿Van en triciclo las princesas?

Sí, e incluso en bicicletas, las muy traviesas.

¿Las princesas se suben
a los árboles a toda prisa?

¿Qué mejor manera de disfrutar de la brisa?

¿A las princesas les gusta caminar bajo un chaparrón?

¡Bailan sobre los charcos con emoción!

¿Las princesas juegan y se manchan en la arena?

Siempre con ropa vieja, que ensuciar no les dé pena.

¿Las princesas tienen que hacer algún trabajo?

Limpian sus cajones y barren lo que hay debajo.

Mamá, ¿las princesas tienen que seguir las reglas?

Ésa es una de las cosas que en la escuela les enseñan.

¿Se comen las princesas la corteza del pan?

La guardan y, después, a los patos se la dan.

¿Tienen las princesas verduras favoritas?

Todas las hortalizas les parecen exquisitas.

¿Toman las princesas bebidas afrutadas?

Con las comidas, prefieren las limonadas.

Cuando las princesas ríen, ¿a veces les salen resoplidos?

Pues sí, de todas clases y estilos.

¿Las princesas lloran y montan alborotos?

Tienen días malos, como todos nosotros.

¿Las princesas roncan cuando están dormidas?

Después de haber contado quinientas ovejas seguidas.

Mamá, ¿las princesas se parecen a mí?

Para saberlo, mira dentro de ti y de mí...

«*Una princesa*
es un lugar
en tu corazón».

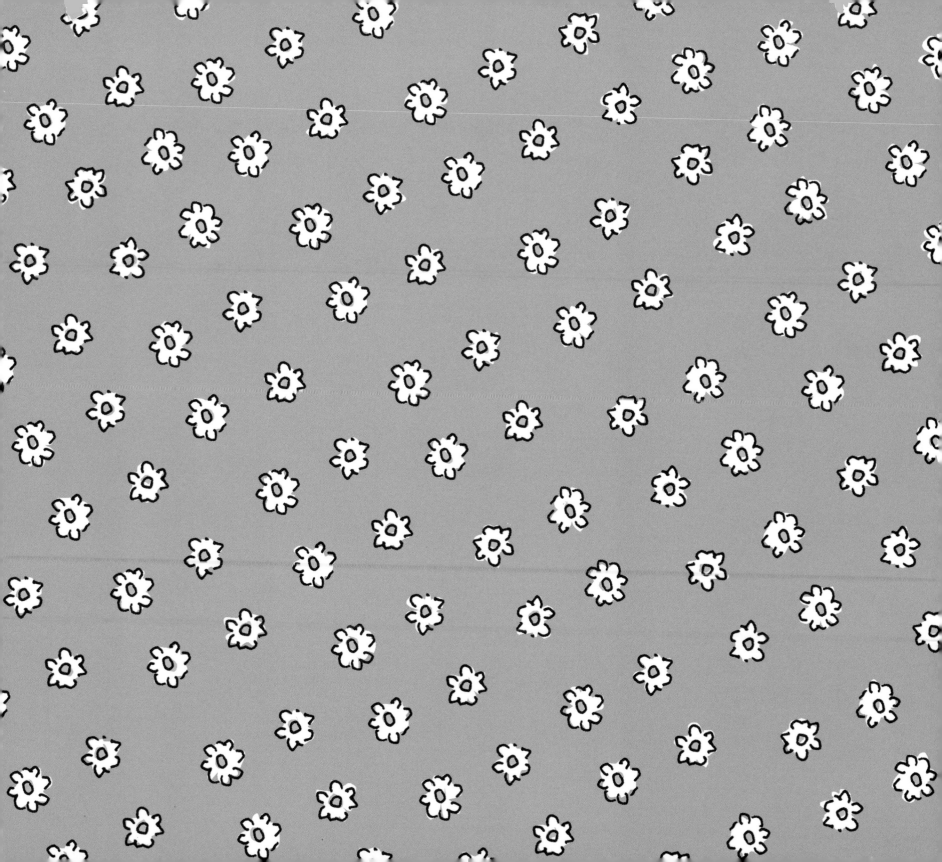